DESSINS

AQUARELLES MODERNES

Provenant en partie de la Collection d'un Amateur.

RENOU ET MAULDE

IMPRIMEURS DE LA COMPAGNIE DES COMMISSAIRES-PRISEURS

Rue de Rivoli, 144.

CATALOGUE

DE

DESSINS & AQUARELLES

MODERNES

Provenant en partie de la Collection d'un Amateur

Dont la vente aura lieu

HOTEL DROUOT

SALLE N° 5

Le Samedi 12 Avril 1862, à 2 heures.

Par le ministère de Me **ESCRIBE**, Commissaire-Priseur,

rue Saint-Honoré, 217,

Assisté de **M. Francis PETIT**, Expert, rue de Provence, 43.

EXPOSITION PUBLIQUE

Le VENDREDI 11 Avril 1862, de une heure à cinq heures.

—

1862

CONDITIONS DE LA VENTE

—

Elle sera faite au comptant.

Les Acquéreurs paieront en sus du prix d'adjudication, CINQ pour CENT, applicables aux frais.

DÉSIGNATION

APPIAN

1 — Paysage du Midi.

(Dessin.)

AUDY

2 — Cheval et Jockey.

(Aquarelle.)

3 — Le Steeple-Chasse.

(Aquarelle.)

BARON

4 — Nymphe au bois.

(Aquarelle.)

BEAUMONT (De)

5 — N'avoir que ça à tromper !

(Aquarelle.)

6 — Un Écueil de velours.

(Aquarelle.)

BELLANGÉ (H.)

7 — Attaque du Téniah de Mouzaïa.

Colonel Lamoricière, 12 mai 1840.

(Grande aquarelle.)

8 — L'Art et l'Amour.

(Aquarelle.)

BÉRANGER (D'après PAUL DELAROCHE)

9 — Étude pour le tableau de Jane Gray, une des suivantes.

(Dessin.)

10 — Étude de la Jane Gray.

(Dessin.)

BLONDEL

11 — Soixante-seize dessins.

Études pour divers travaux.

(Dessin.)

ROSA BONHEUR

12 — Troupeau des Landes.

(Sépia.)

BONINGTON

13 — Charlemagne.

(Aquarelle.)

14 — Paysage maritime.

(Sépia.)

BORIONE

15 — Lisette. Tête de jeune fille.

(Dessin rehaussé).

BOULANGER (Mme ÉLISE)

16 — La fin de la Toilette.

(Aquarelle.)

BOULANGER (A.)

17 — Femmes juives.

(Dessin rehaussé.)

BRASCASSAT

18 — Moutons au repos.

(Sanguine.)

CATTERMOLE

19 — Vue de Venise.

(Aquarelle.)

CHARLET

20 — Une des illustrations du Mémorial de Sainte-
Hélène.

(Mine de plomb.)

21 — Scène d'Enfants.

(Aquarelle.)

22 — Paysan breton.

(Mine de plomb.)

COGNIET (Léon)

23 — Femme italienne et son enfant.

(Aquarelle.)

CŒDÈS (D'après Ary Scheffer)

24 — Le Roi de Thulé.

(Dessin aux crayons de couleurs).

CŒDÈS (D'après Bouchot)

25 — Tête de Vierge.

(Dessin rehaussé.

COURT

26 — Jeune Fille à sa toilette.

(Pastel.)

COURT

27 — La Surprise au bain.

(Pastel.)

DECAMPS

28 — Une Grotte dans la forêt de Fontainebleau.

(Dessin.)

29 — Jeune Fille à cheval revenant du marché.

(Dessin.)

30 — Arabe d'Alger.

(Aquarelle.)

31 — Chiens au chenil.

(Sépia.)

32 — Vue du Caire.

(Dessin.)

33 — Arabe en voyage.

(Aquarelle.)

34 — Paysage de Fontainebleau : effet de soir.

(Dessin.)

35 — Onze Croquis de figures.

(Dessins.)

36 — Quatre autres Croquis.

(Sépias.)

37 — Un Croquis à la plume.

DELAMARRE

38 — Pêcheurs chinois.

(Dessin.)

DELACROIX (Eugène)

39 — Arabes au repos.

(Aquarelle.)

40 — Musiciens de Tanger.

(Aquarelle.)

DELAROCHE (D'après Paul)

41 — Enfance de Pic de la Mirandole.

(Dessin.)

DUMAREST (A.)

42 — Soldats jouant aux dés.

(Dessin rehaussé.)

FLERS

43 — Bords de la Marne.

(Dessin.)

FRANÇOIS (D'après Paul Delaroche)

44 — Étude pour les Enfants d'Édouard.

(Dessin.)

45 — Étude pour les Enfants d'Édouard.

(Dessin.)

FRÈRE (Th.)

46 — Porte d'Andrinople, à Constantinople.

(Dessin.)

47 — Ile de Philée, côté est (Nubie).

(Dessin.)

GAVARNI

48 — Un Bal masqué.

Dessin d'éventail.

(Aquarelle.)

GLAIZE

49 — Tête de Femme.

(Dessin rehaussé.)

INGRES

50 — Figure d'Archevêque.

Étude pour le sacre de Charles X.

(Dessin.)

51 — Femme grecque filant.

(Dessin.)

52 — Composition de trois figures.

(Dessin.)

JADIN

53 — Chien de chasse couché.

(Aquarelle.)

JOYANT

53 bis — Vues de Venise.

(Deux lavis.)

JOHANNOT

54 — L'Arrestation de la maréchale d'Ancre.

(Dessin.)

KOELMAN

55 — Femme italienne.

(Aquarelle.)

LALAISSE

56 — Chevaux de trait.

(Aquarelle.)

LAMI (Eugène)

57 — Trompette de hussards.

(Aquarelle.)

LEHON

58 — Marine.

(Aquarelle.)

LEPRIX (D'après Ary Scheffer)

59 — Médora.

(Dessin rehaussé.)

LEVASSEUR (D'après ARY SCHEFFER)

60 — Jacob et Rachel.

(Dessin rehaussé.)

61 — Ruth et Noémie.

(Dessin rehaussé.)

MARILHAT

62 — Habitation au bord du Nil.

(Aquarelle.)

63 — Paysage d'Orient.

(Aquarelle.)

64 — Un Arménien. Étude.

(Mine de plomb.)

MARVY

65 — Paysage.

(Mine de plomb.)

MASSON (D'après STEVENS)

66 — Chien de Métier.

(Dessin.)

MEISSONIER

67 — Deux Mendiants.

(Dessin à la plume.)

68 — Bonhomme vu de dos.

(Dessin.)

MIDY

69 — A ta santé !

(Aquarelle.)

OUDINOT (A.)

70 — Saint-Pierre de Rome.

(Aquarelle.)

71 — Le Campo santo à Rome.

(Aquarelle.)

OUVRIÉ (Justin)

72 — Vue de ville.

(Aquarelle.)

73 — Un Village des Vosges.

(Aquarelle.)

74 — Bords du Rhin.

(Aquarelle.)

75 — Près Benghen, sur le Rhin.

(Aquarelle.)

76 — Le Château de Holzenfels sur le Rhin.

(Aquarelle.)

77 — Souvenir d'Auvergne.

(Aquarelle.)

78 — Ville de Hollande.

(Aquarelle.)

79 — Souvenir d'un village des Vosges.

(Aquarelle.)

PAPETY

80 — La Vierge consolatrice des affligés.

(Composition importante.)

(Dessin rehaussé.)

81 — Femme italienne.

(Aquarelle.)

PETTENKOFEN

82 — Jeune Garçon portant un porc.

(Aquarelle.)

PRUD'HON (D'après)

83 — Étude de femme.

(Dessin.)

RAFFET

84 — Grenadier de la garde.

(Aquarelle.)

85 — Bonaparte étudiant la géographie.

(Sépia.)

ROBERTS

86 — Intérieur de la cathédrale de Chartres.

(Grande aquarelle.)

ROBERTS

87 — Autre vue de la cathédrale de Chartres.

(Grande aquarelle.)

88 — Marché à Soleure.

(Grande aquarelle.)

89 — Foire à Brienne.

(Grande aquarelle.)

ROUSSEAUX (D'après WINTERHALTER)

90 — Portrait de S. M. l'Impératrice.

(Dessin.)

ROUSSEAUX (D'après PAUL DELAROCHE)

91 — Étude de Béatrix Cenci.

(Dessin rehaussé.)

SANDOZ (D'après MULLER)

92 — La petite Créole.

(Dessin.)

ARY SCHEFFER

93 — Portrait de Charlotte Corday.

(Dessin.)

SCHVERTZER

94 — Les trois Amis.

(Dessin.)

STHAL (D'après LÉOPOLD ROBERT)

95 — Védova.

(Dessin.)

STRASSGSCHWANDHNER (ANTONI)

96 — Bataille.

(Dessin.)

97 — Combat entre Turcs et Grecs.

(Aquarelle.)

TROYON

98 — Paysage.

(Pastel.)

99 — Charrette de foin traversant un gué.

(Pastel.)

100 — Moulin : soleil couchant.

VERNET (HORACE)

101 — Arabe à cheval dans une fantasia.

Plume.)

VERNET (Horace)

102 — Carabinier à cheval.

(Dessin.)

103 — Jeune Soldat en tenue de corvée.

(Sépia.

104 — Vingt-huit figures pour costumes de théâtre.

(Aquarelle.)

ZIEM

105 — Vue de Venise.

(Aquarelle.)

ZUBER-BUHLER

106 — Coquetterie.

(Dessin.)

107 — Gourmandise.

(Dessin.)

108 — Un Album de Dessins de :

CICÉRI, ISABEY, ROQUEPLAN, Gustave DORÉ, BARD, LAMY, DEVÉRIA, Eugène GARNERAY, Henri MONNIER, HERSBTHOFFER, DIAZ, etc.

Ce numéro sera divisé.

Renou et Maulde, imprimeurs de la Compagnie des Commissaires-Priseurs, rue de Rivoli, 144.   11006